Sophie Chérer

Aime comme Mathilde

Illustrations de Véronique Deiss

Mouche
l'école des loisirs
11, rue de Sèvres, Paris 6e

Du même auteur à *l'école des loisirs*

Collection MOUCHE

Mathilde est tous les animaux
Les hamsters n'ont pas de voix
Mathilde à la déchetterie
Pourquoi Mamie n'est pas gâteau
La santé sans télé

Loi n° 49.956 du 16 juillet 1949 sur les publications destinées à la jeunesse : mars 2007
Dépôt légal : mars 2007
Imprimé en France par l'imprimerie Hérissey à Évreux
N° d'impression : 103928
ISBN 978-2-211-08694-3

Pour Denis Leyder

On transforme sa main
en la mettant dans une autre.
Paul Eluard

Chapitre 1
Un sanglot dans la nuit

Mathilde n'a jamais pleuré comme ça.

Bien sûr, ce n'est pas la première fois qu'elle pleure. On peut pleurer de beaucoup de choses, dans une vie, et Mathilde compte quand même un certain nombre d'années. Impossible d'avoir vécu tout ce temps sans pleurer. Ce ne serait pas humain.

On peut chouiner, pleurnicher, pleurer à chaudes larmes, à gros bouillons, à fendre l'âme, comme un veau, comme une vache, comme une Madeleine, ou sangloter.

Les pleurs serrent le cœur et serrent la gorge, pendant que les poings serrent les mouchoirs en papier tout déchirés, les mouchoirs en tissu tout entortillés. Les pleurs font gonfler les paupières, rougir les joues, trembler les mentons, courber les têtes, couler les nez, zigzaguer les lèvres, et s'écrouler en mille morceaux dégoulinants tout l'intérieur du corps.

Les pleurs adoucissent les brutes les plus épaisses. Les pleurs sont les mots des taiseux. Les pleurs désarment les armés, étêtent les crâneurs. Il faut connaître cet état salé, liquide et démuni pour savoir ce qu'est la vie.

On peut pleurer de joie, de chagrin, de colère, de peur, de vexation, d'émotion artistique et de douleur physique, et c'est ce que Mathilde a déjà fait.

Elle a pleuré de vexation le jour où Papa lui a collé une fessée carabinée parce qu'elle avait voulu manger comme un écureuil et avait décoré la maison à coups de sachets de surgelés fondus. L'inondation provoquée par la décongélation avait ruiné un tapis, un canapé, quatre coussins, un parquet en chêne et les nerfs de la voisine, Madame Wully. Bref, elle avait causé une catastrophe familiale et domestique.

Elle a pleuré de chagrin le jour où son hamster Oréon a failli périr empoisonné par de la mort-aux-rats à l'école où elle l'avait emmené en cachette. Puis de joie quand elle l'a retrouvé sain et sauf, le museau tout frais, le pelage tout doux, les pattes et les moustaches toutes chatouillantes...

Elle a pleuré de colère le jour où elle a récolté un zéro en maths parce que Maxime lui avait soufflé une fausse réponse à l'interrogation écrite.

Elle a pleuré de douleur physique le jour où elle s'est fendu le genou en courant comme une dératée pour rejoindre sur le parking sa Maman venue la chercher par surprise.

Elle a pleuré de peur le jour où elle a failli avaler une guêpe en même temps qu'une gorgée de jus d'orange, parce qu'elle avait attrapé son gobelet resté en plein soleil pour le vider cul sec sans regarder à l'intérieur…

Et enfin, Mathilde a pleuré d'émotion artistique le jour où ses parents l'ont emmenée visiter le musée d'Unterlinden, à Colmar, et où le tableau de Matthias

INRI

Grünewald, la mise au tombeau, avec Jésus tout piqueté de plaies et de blessures mortelles, l'a tellement impressionnée que, pour retourner le contempler, alors que toute la famille était déjà sortie du musée, elle a accepté de laisser Papa manger la moitié de sa glace noix de coco-framboise-groseille, parce que le gardien refusait catégoriquement qu'une crème glacée risquât d'endommager les chefs-d'œuvre.

Mais tout cela n'est rien à côté des pleurs qui viennent de la réveiller en sursaut au beau milieu de la nuit noire.

De la nuit noire d'un jour de vacances.

Il paraît que, dans une civilisation de Polynésie aujourd'hui disparue, les hommes avaient instauré une fête des

Pleurs. Ceux qui avaient déjà pleuré faisaient en sorte de provoquer les sanglots de ceux qui n'avaient encore jamais pleuré, et le don des larmes se transmettait de père en fils, de tante en nièce et parfois même de petit-enfant en grand-parent, comme un talent de société ou une recette de cuisine. On recueillait dans des flacons de nacre, tout au long de la nuit, les larmes des Nouveaux Pleureurs qui serviraient ultérieurement de remède à certains maux incurables, de signature à certains messages secrets, et de monnaie d'échange à certains objets précieux.

Mais cette nuit, nous sommes dans une civilisation non encore disparue, la France des années 2000, dans une pimpante maison prêtée par des amis aux

parents de Mathilde pour les vacances, dans une chambre du premier étage, dans un lit à moustiquaire, dans la tête d'une petite fille endormie et réveillée brusquement, et c'est la première fois que Mathilde pleure comme ça.

Ce sont des hoquets, des tremblements de cœur, des secousses de joie, de vexation, de colère, de chagrin, d'émotion artistique, de peur et de douleur physique mêlés.

Et c'est autre chose encore.

De pire.

Et de meilleur.

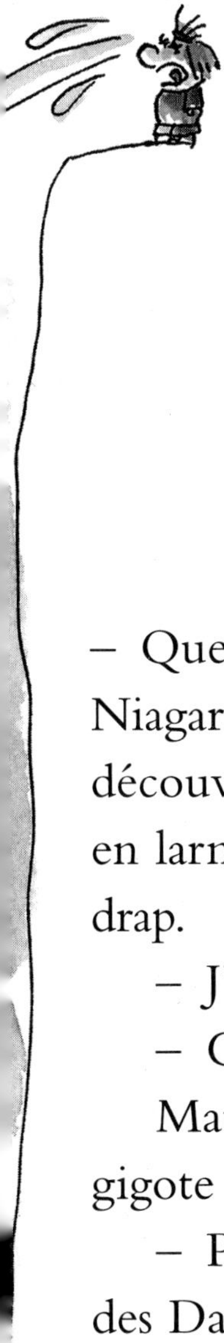

Chapitre 2
Un Papa dans la nuit

– Que se passe-t-il, ma petite chute du Niagara en papillote ? chuchote Papa en découvrant Mathilde assise dans son lit, en larmes, et tout entortillée dans son drap.

– J'ai… J'ai… ! hoquette-t-elle.

– Gégé ?! Un pote à toi ? dit Papa.

Mathilde tremblote de plus belle et gigote de désespoir.

– Pleure, pleure, mon petit tonneau des Danaïdes à la grenadine, murmure Papa en la serrant doucement dans ses grands bras musclés d'avoir refait du dos crawlé depuis une semaine, tu feras moins pipi au lit !

Mais sa pauvre plaisanterie ne fait même pas rire Mathilde.

– Alors, ce Gégé ? Tu me racontes ?

Papa lui entoure les épaules avec ses mains juste comme il faut. Il caresse les cheveux de son enfant juste comme elle en a besoin. Il murmure à son oreille de sa voix juste douce et juste sûre. Et toutes ces justesses font tant de bien à Mathilde qu'elle lui livre un secret, sans réfléchir.

– C'est pas Gégé, dit-elle. C'est Thomas. J'ai fait un cauchemar. J'ai rêvé de lui.

– À ce point-là ! pouffe Papa. Il est si affreux que ça ?! Laisse-moi deviner… Il a les cheveux verts avec plein de gel anti-mites dedans, du poil aux dents, le nez en trompette bouchée, les yeux cachés par les oreilles, et des trous dans les joues ?

Mathilde se dégage de l'étreinte de ses bras pour reculer et le regarder d'un air outré.

– Non ? Ce n'est pas ça non plus…

Mathilde secoue la tête en se mouchant dans le bas du T-shirt trop long du pyjama de Papa.

– Il t'a fait du mal pendant l'année scolaire ?

– Non. Enfin… oui.

– Il t'a rackettée ? Il t'a obligée à lui acheter de la drogue ? Il t'a coincé une couette dans la porte des toilettes ? Il t'a lancé des boulettes de purée avec sa cuiller tordue à la cantine ? Il a manqué de respect au château de ta mère et à la gloire de ton père ???

– …

Mathilde sourit malgré elle.

– Il est mignon ?

– …

– Très mignon ?

– …

– Carrément beau ?

– …

– Beau comme un dieu ??

– …

– Aussi beau que moi ???

– …

– Parle, ma petite Bocca della Verità en pain d'épices ! Parle, ma fille, parle à ton père.

– Oui, il est beau, non, il ne m'a fait aucun mal car c'est le plus gentil garçon

du monde. Le seul mal qu'il m'ait fait, c'est de déménager à la fin de l'année scolaire et je ne vais jamais le revoir, dit

Mathilde, dans un soupir à fendre l'âme. Et je viens de rêver de lui. Il partait nager dans la mer et je voulais le suivre et quelqu'un me disait : Non ! Tu ne le suis pas, tu ne sais pas nager, tu restes là et tu ne vas jamais le revoir !

– Mais tu sais nager, mon dauphin miniature en pâtc à sel ?

– Ben oui ! Tu le sais très bien puisque c'est toi qui m'as appris.

– Alors ton rêve ne tient pas debout. Tu sais nager et tu vas revoir un jour ton chéri.

– Ce n'est pas mon chéri.

– Tu vas néanmoins le revoir. Mais d'abord, il s'agit de prendre des forces. En te rendormant, par exemple, ma petite belle au bois réveillant.

– J'y arrive pas.

– Tu n'as pas encore trop guère essayé, jusqu'à preuve du contraire. Il a déménagé où ?

– Je sais pas !

Mathilde se lève, tout ébouriffounette de sommeil, de réveil et de larmoyade, allume sa veilleuse et va fouiller dans son coin secret, en tournant bien le dos à Papa pour être sûre qu'il ne regardera pas, puis elle revient s'asseoir à côté de lui sur le lit et lui tend un morceau de papier plié en seize, et déplié, et replié, et dé-déplié, et re-replié, qui commence sérieusement à se découper selon les pointillés.

– C'est où, ce bled ? murmure Papa.

– C'est pas un bled ! s'offusque Mathilde.

– Pardon, mon petit cœur en gelée

de pastèque ! Où est-elle bâtie, sur ses pilotis de vermeil et ses colonnades dorées au miel toutes fleurs, cette Ville lumière scintillant de tous ses feux dans la nuit de mon ignorance, et où ne vivent que des Princes Charmants chez Leurs Parents, les Rois Charmants Déménageurs et les Reines Charmantes Déménageuses ? Et d'abord, viens, on descend à la cuisine, maintenant que tu m'as réveillé avec tes cauchemars pleins de mensonges, j'ai envie d'un café. Chut ! Maman dort comme une marmotte en peluche.

– Tu veux que je vienne avec toi ?

– Oui.

– Tu ne veux pas que je me rendorme ?

– Non.

– Pourquoi ?

– Parce que j'ai faim, et tu sais très bien que j'ai horreur de manger seul !

Chapitre 3
Un chocolat dans la nuit

– Bon. Aux grands maux, les grands remèdes !

Papa empoigne sur le buffet le chandelier à neuf branches qui leur a servi tous les soirs de la semaine à éclairer la table du dîner sur la terrasse.

– Un petit déjeuner aux chandelles ! Il faut ça, dans les grandes occasions.

Hop ! D'une main armée d'un briquet, il allume une à une les neuf bougies de toutes les couleurs choisies par Maman. Hop ! De l'autre, il glisse dans le lecteur de CD un disque de musique brésilienne, qui est à l'oreille ce que le pain au chocolat double barre ouvert en deux, tartiné de beurre et farci d'une couche de confiture de fraise est à la bouche.

Et hop ! D'une troisième main sortie d'on ne sait où, il a préparé un chocolat chaud, ouvert un paquet de galettes bretonnes, les meilleures, celles avec 36 % de beurre, fabriqué des sandwiches au Nutella avec, puis déplié son couteau suisse qui lui sert de porte-clés, et il se cure les ongles, ce qui est signe chez lui de concentration extrême.

– Quand j'ai un chagrin… commence Papa en se pourléchant les babines.

Mathilde regarde son père attentivement.

– Tu sais, poursuit-il, ça m'arrive aussi d'avoir des coups de blues. Pas tout à fait pareils que le tien, vu que je ne connais pas de chérie qui déménage et qu'en plus je ne me souviens jamais de mes rêves…

– Ce n'est pas mon chéri !

– … vu que la seule chérie que je connais, quand elle déménage, je déménage avec, mais certains jours ça va de travers et alors là, j'ai un truc.

– Pour aller mieux ? Plus droit ?

– Si tu veux. Ou carrément encore plus de travers, tellement que c'en devient drôle. Mais tu ne vas pas aimer.

– Dis quand même.

– Non. Tu vas désapprouver.

– Pourquoi ?

– Ça fait du bruit.

– Tu joues de la trompette ?

– Non. Et ça pollue.

– C'est quoi ? Oh, Papa… nooonnn !

Mathilde prend un air consterné et dégoûté.

– Qu'est-ce que tu vas imaginer ?! s'offusque son père. OK, je suis un garçon mais non : je ne m'inscris pas aux Championnats d'Europe de Pétomanes ! Je saute dans ma voiture, tout simplement, et je roule au hasard. Ça fait du bruit et ça pollue, d'accord, mais ça me rappelle quand j'étais petit et que je partais rôder ses nouvelles voitures avec mon parrain. À l'époque, il fallait rouler lentement pendant deux ou trois mille kilomètres, ça s'appelait « rôder » le moteur. On partait sur les routes le samedi après-midi… avec sa 2 CV, avec sa 4 L… J'adorais ça.

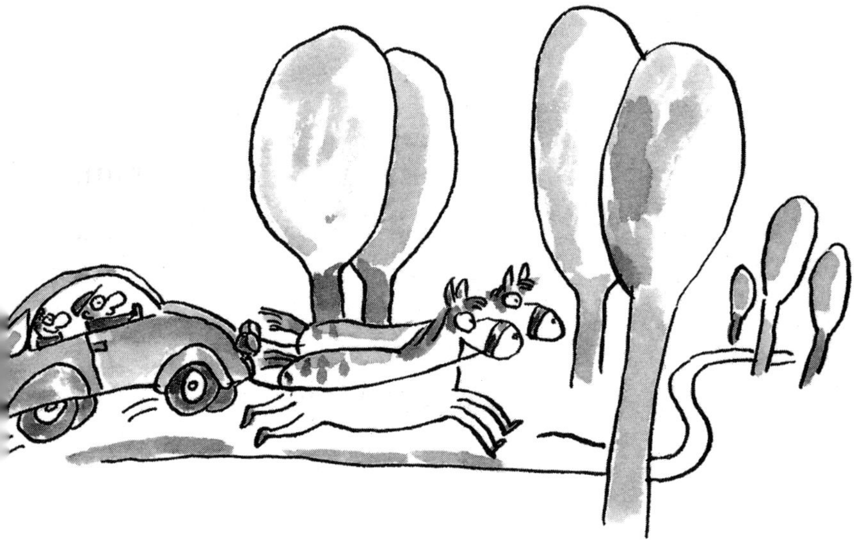

– Les voitures portaient des noms bizarres, quand tu étais petit.

– Oui. Tu veux essayer ?

– De porter un nom bizarre ? Hélas, c'est déjà fait, Mathilde Barie… soupire Mathilde.

– De faire un petit tour en voiture dans la nuit. Si ça se trouve, le roulis te bercera et je n'aurai plus qu'à te porter dans ton lit en rentrant. Ça te dirait ?

Mathilde hausse les épaules. Elle n'a envie de rien.

– Essayons, ça ne pourra pas te faire de mal. Nous allons tout de même laisser une lettre à Maman pour qu'elle ne s'inquiète pas. Des fois qu'elle se réveille pile pendant la demi-heure où nous serons en vadrouille…

– Qu'est-ce que tu vas écrire, Papa ?

– Je ne sais pas encore. Qu'en penses-tu ? Attends une seconde.

Papa sort de la maison et revient aussitôt, une main pleine de cailloux de toutes les couleurs ramassés dans le gravier de l'allée. Il les dispose en forme de cœur sur la feuille pliée en deux qu'il laisse à la place de Maman sur la table de la cuisine.

Mathilde y pense seulement aujourd'hui : elle ne sait rien de ses parents, ni où ni quand ni comment ils se sont rencontrés, mais ils ont l'air de s'aimer comme au premier jour. Elle ne les a jamais entendus se disputer, sauf pour de rire. Elle les voit souvent s'embrasser, ou se tenir par la main en marchant, en écoutant de la musique, et même en

mangeant. Ils se laissent des petits mots doux dans tous les coins, post-it collé sur un pot de yaourt au fond du frigo, rouge à lèvres manuscrit sur le miroir de la salle de bains, comme dans les films… Un jour, Maman a écrit « Je t'aime » à Papa dans la plaquette de beurre avec une pointe de couteau et il a éclaté de rire. Une autre fois, Papa a écrit « Je t'aime » à Maman à l'intérieur de l'écorce d'un platane qui muait dans le jardin comme un vieux serpent, et Maman a presque pleuré de joie et d'attendrissement en la trouvant, sauf qu'ensuite elle était désespérée car elle voulait garder ce bout d'arbre en souvenir, dans sa collection de mots doux, et elle se demandait bien où : encadrée au mur, dans un coffret à bijoux ?

C'est Mathilde qui a eu la meilleure idée, à son avis : recollée sur le tronc du platane. Comme ça, Maman saurait toujours où elle se trouve, alors que d'habitude elle égare ses affaires… En plus, le mot resterait secret. Papa et Maman désapprouvent toujours les amoureux qui se croient permis de salir les vieux murs et les monuments historiques avec leurs graffitis, ou de graver leurs noms dans les troncs d'arbres. Ils considèrent que les déclarations d'amour des amou-

reux ne regardent qu'eux, et surtout ne doivent endommager ni la nature ni les châteaux. Avec l'écorce du platane, ça ne marchait pas, elle s'était tout enroulée sur elle-même comme un vieux bâton de cannelle. Alors Maman la conserve dans un tiroir de son bureau. Mathilde va vérifier de temps en temps qu'elle est toujours là. Dans certaines familles, le frigo et les placards sont garnis de nourriture ; dans d'autres, les armoires à linge sont remplies à ras bord de piles de draps, de serviettes et de vêtements repassés de frais. Dans la sienne, Mathilde peut voir tous les jours des stocks renouvelés de mots doux et de gestes tendres. Ses parents sont à l'abri du besoin d'amour.

– Allons nous brosser les dents et nous habiller sans faire de bruit, au cas où on se ferait arrêter par la police sur la route.

Chapitre 4
Une auto dans la nuit

– Je vous en prie, mademoiselle, le taxi que vous avez demandé pour votre berceuse est avancé.

Papa est allé chercher les mains de Mickey, des gants blancs de protection ultra-résistants haute température à gros doigts trouvés dans le buffet de la cuisine, dont leurs amis se servent pour sortir des plats bouillants du four ou apporter des cocottes en fonte sur la table. Il a aussi déniché dans un placard une casquette de marin qui fait très bien office de couvre-chef de chauffeur.

Il est très à cheval sur les lois et les règlements, comme par exemple l'article R 412-3 du code de la route qui précise que les enfants de moins de dix ans doivent s'asseoir à l'arrière des voitures, mais il préfère jouer tout court que jouer les scrogneugneu.

Alors il s'incline légèrement en ôtant sa casquette d'une main et en tenant la portière à Mathilde de l'autre :

– Prenez place, et que la route vous soit propice.

Dans la voiture, La Loutre, qu'on a baptisée ainsi à cause de sa couleur (Mathilde n'a pas pu vérifier car elle n'a jamais vu de loutre en vrai, mais elle ne désespère pas de le faire un jour), Papa redevient Papa.

– Tu es sûre que tu n'as pas sommeil, mon petit loir en nougat mou? Qu'est-ce que tu as envie de faire? On parle?

La banquette arrière offre des avantages, pense Mathilde en le regardant fixement. On peut s'envoyer des clins d'œil et des sourires dans le rétroviseur, alors que, si on est côte à côte, se parler nuit gravement à votre entourage et lui cause des torticolis.

– Si on écoutait de la musique? Attends, je vais voir ce que j'ai en boîte.

Papa farfouille dans le gâteau de crêpes, un range-CD en forme de mille-feuille cylindrique.

– Tu connais ce monsieur?

Mathilde aperçoit sur la pochette un long visage à moustaches, aux cheveux hirsutes, qui sourit en plissant ses grands yeux.

– C'est mon chanteur préféré, dit Papa. Jean Ferrat. Écoute cette chanson-là. J'adore l'entendre quand je roule en voiture, l'été, pendant les vacances. Je trouve qu'elle ferait un hymne national extraordinaire…

Une voix grave, pleine de révolte et de sourires frémissant sous la moustache, se met à chanter mélodieusement après une série de pizzicati :

De plaines en forêts, de vallons
en collines
De l'été qui va naître à tes mortes
saisons
De ce que j'ai vécu à ce que j'imagine
Je n'en finirai pas d'écrire ta chanson,
Ma Fran-an-ce

Papa écoute religieusement. Fidèle à sa réputation d'adorateur fou et de repasseur de chansons en boucle, il remet *Ma France*, une fois, deux fois, trois fois. Peut-être qu'il espère que Mathilde la connaîtra par cœur comme lui à la fin du trajet ? Elle ne comprend pas toutes les paroles mais se promet de demander des explications un jour prochain.

Picasso tient le monde au bout de sa palette
Des lèvres d'Eluard s'envolent des colombes
Ils n'en finissent pas, tes artistes prophètes,
De dire qu'il est temps que le malheur succombe,
Ma Fran-an-ce

– Imagine ! Cet hymne à l'amour de la France chanté en chœur partout ! Dans les stades, par les joueurs de football ou de rugby, dans les cours des écoles, le matin de la rentrée, par tous les enfants, à l'Assemblée nationale, par tous les députés ! Ça t'aurait tout de même une autre allure que *La Mar-*

seillaise, avec son sang impur qui doit abreuver nos sillons, ses féroces soldats qui viennent égorger nos petits bouts de chou en sucre d'orge et nos compagnes ! *La Marseillaise* est devenue l'hymne national à une époque où la France était en guerre contre le reste de l'Europe, ou presque… Les choses ont peut-être un peu changé depuis deux cents ans et plus, non ?! Tu ne crois pas qu'il est grand temps d'en choisir un autre, plus moderne, plus pacifique ?!

– Quelqu'un l'a proposé ?

– Pas à ma connaissance. Je sais qu'on a supprimé certains couplets, jugés trop obscurs, modifié d'autres, trop sanguinaires… Mais c'est tout. Alors, moi, je le propose. Je propose *Ma France* à la place de *La Marseillaise* ! Je propose l'amour de mon pays pour remplacer la détestation et la méfiance des autres !

– Je te ferai quand même remarquer qu'il l'appelle tout simplement *Ma France*, son pays, ton chéri, et pas « Mon petit hexagone à la confiture tricolore myrtilles-groseilles blanches-fraises des bois ».

– Ce n'est pas mon chéri, grommelle Papa, vexé comme un pou.

N'empêche, Mathilde pense que son Papa ferait un formidable Président de la République.

– L'hymne d'un pays, c'est très important. C'est ce qui sert à le présenter aux autres, à le distinguer d'eux. Comme son drapeau.

Mathilde se met à rêver à un nouveau drapeau français : des cœurs de toutes les couleurs sur fond noir, un peu salissant mais très chic. Mais cette histoire d'amour et de cœurs la ramène à son idée fixe, à sa préoccupation majeure, et elle recommence à pleurer, en silence cette fois.

Les larmes, pense-t-elle, c'est quand un amour secret se met à grandir et à couler et à dégouliner à l'extérieur, comme si le cœur était un congélateur en panne. L'amour, c'est quand on n'arrive plus à être froid.

Tout à coup, la voiture fait une embardée sur la gauche. Tic-tac-tic-tac. Papa a mis son clignotant. Mathilde regarde la route. Une belle ligne droite. Rien en vue. Il reste sur la voie de gauche.

– Qu'est-ce que tu fabriques, Papa ?

– Je double l'homme invisible, voyons !

Mathilde sourit en coin, pour lui faire plaisir, même si elle n'a plus trois ans.

Plus loin, dans la forêt, il ralentit, éteint les phares, coupe le moteur, attend un peu puis rallume : dans le faisceau de lumière, une laie traverse la route, suivie de ses un, deux, trois, quatre, cinq, six petits !

– C'est magique, non ?! Je l'avais aperçue de loin, qui hésitait. Comme

elle n'entendait plus de bruit et n'était plus dérangée par la lumière, elle s'est décidée !

Soudain, à voir la mine mélancolique de sa fille dans la pénombre, Papa semble comprendre que quelque chose de très important est en train de se passer. De décisif. L'heure n'est plus aux blagues ni aux distractions sur la route.

– Je sais ce qui te ferait du bien, dit-il. Entendre parler d'amour. Est-ce que tu sais au moins comment nous nous sommes rencontrés, ta Maman et moi ?

Chapitre 5
Un secret dans la nuit

Mathilde a un peu froid. Elle s'est enroulée dans un gros pull de Maman, qui traîne toujours sur la plage arrière, en cas de besoin.

– En ce temps-là, nous avions tous les deux des boulots différents de maintenant. Moi j'étais gendarme, et je m'occupais des chiens dans une brigade spécialisée. Mon préféré s'appelait Moulouk, c'était un berger allemand géant, avec une oreille cassée, très fort, au flair tellement puissant qu'il était capable de

trouver la drogue la mieux cachée dans les endroits les plus improbables. Ce jour-là, un mercredi, nous venions d'arrêter un camion de trafiquants qui prétendaient transporter des ours en peluche. En fait, les nounours étaient farcis aux sachets de drogue. Moulouk avait bondi dans le camion, mais un des types, écœuré d'être attrapé, lui avait donné un grand coup de couteau à l'encolure, il perdait tout son sang. J'ai

tâché de lui faire un garrot, j'ai laissé mes collègues, je l'ai emmené dare-dare à la recherche d'un vétérinaire. C'était le mois d'août, la plupart étaient en vacances, je devenais fou… Enfin, j'ai fini par tomber sur un cabinet ouvert… qui fermait, car il était sept heures passées. La vétérinaire de garde avait la main sur la poignée de la porte quand je suis arrivé. Je n'ai rien dit, j'étais incapable de prononcer un seul mot, je lui ai fait signe de me suivre, je l'ai entraînée jusqu'à la voiture, et je lui ai montré Moulouk qui se vidait de son sang sur la banquette arrière. Elle s'est occupée de lui pendant des heures qui m'ont paru une éternité. Elle l'a transfusé, elle l'a opéré, elle l'a recousu, elle l'a veillé, elle l'a sauvé. Moi, je m'endormais dans la

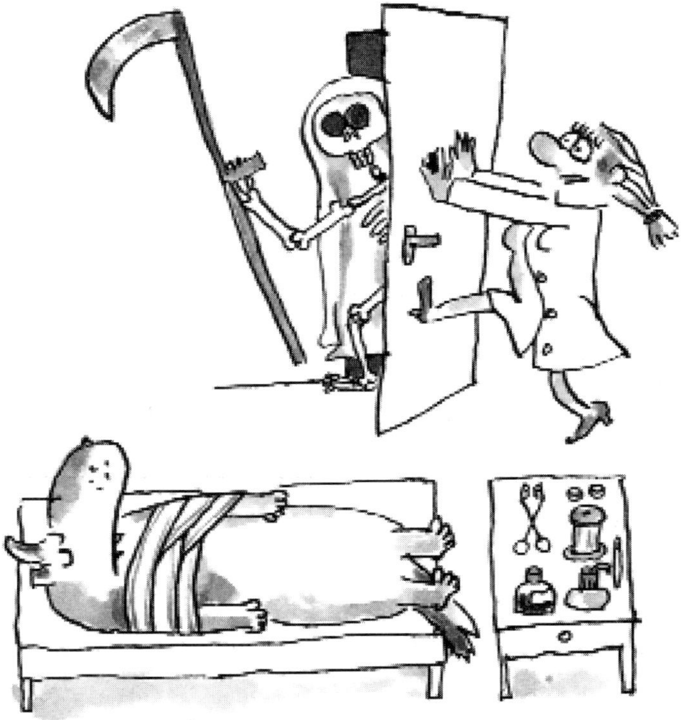

salle d'attente, elle venait m'expliquer ce qu'elle faisait, elle m'apportait du café, du chocolat. Je ne sais pas si j'ai eu un coup de foudre pour cette femme qui avait l'air d'avoir toutes les qualités du monde, en plus d'être belle, mais toujours est-il qu'à partir du lendemain, tous les jours, pendant huit jours, je lui ai envoyé des fleurs. Huit moins un, d'ailleurs, tu vas voir pourquoi. Le premier jour, j'ai fait livrer un bouquet de huit roses rouges chez elle. C'était la croix et la bannière, la fleuriste ne voulait rien entendre. « On n'offre jamais un nombre pair de roses, monsieur ! » glapissait-elle. Et moi qui essayais de me justifier : « Vous ne pouvez pas comprendre, madame, j'ai une excellente raison de faire ce que je fais, je vous assure ! » Le deuxième jour, je suis retourné au magasin, et j'ai commandé sept roses, jaunes cette fois. La fleuriste m'a toisé, l'air de dire : « Bon ! Il a enregistré la leçon ! »

Sauf que le troisième jour, j'en ai demandé six, des roses couleur saumon, puis quatre roses noires le lendemain. La dame me prenait pour un fou. Elle me voyait tous les matins, à heure fixe, passer ma commande pour le soir même. Toujours différente, toujours pour la même personne, à la même adresse. Et le cinquième jour, rien. Est-ce que tu commences à comprendre ?

– Que t'chi, dit Mathilde, qui vient d'apprendre cette expression adorable et peut-être provençale chez le marchand de fruits et légumes.

– Vraiment ? C'était un message codé. Mais attends… Je n'avais pas fini. En tout cas, j'avais eu de la chance, le jour où je voulais zéro rose tombait justement un lundi, jour de fermeture de la fleuriste. Le sixième jour, j'ai fait livrer une splendide rose bleue, la plus rare.

– C'est ma fleur préférée ! dit Mathilde.

– Je sais, mon chou. Je m'en souviens. Pour le septième, une seule rose aussi, verte. Je ne savais pas que ça existait, mais j'en avais vu à la boutique. Et pour terminer en beauté et boucler la boucle, de nouveau des roses rouges le huitième jour, le dernier : six.

– Et ensuite, tu n'as plus jamais offert de fleurs à Maman ?

– Bien sûr que si ! Tu m'offenses ! Alors, qu'en penses-tu ? Récapitule !

– Huit rouges, sept jaunes, six saumon, quatre noires... Et pourquoi pas plutôt cinq noires ? Ça aurait fait une série.

– Oui, mais ce n'était pas une série que je voulais faire à ma chérie, dit Papa d'une voix soudain attendrie.

– Tu voulais quoi faire ?

– Tu ne devines vraiment pas ? Lui laisser mon numéro de téléphone. 87 64 01 16. À l'époque, les numéros avaient huit chiffres. Ce n'est que depuis une

dizaine d'années que nous sommes passés à dix, avec l'indicatif de la région au début. J'espérais qu'elle allait comprendre. J'avais eu cette idée… Bien sûr, c'était plus simple de le lui donner directement, mais tellement moins poétique… Il fallait être patient.

– Elle a compris ? Elle t'a appelé ?

– Le huitième jour au soir, j'étais sur des charbons ardents. Le téléphone sonnait, ce n'était jamais elle. Je me suis montré grossier avec tous mes interlocuteurs. Et enfin, ce fut elle. Elle était très intelligente, et elle adorait les énigmes. Elle m'a demandé ce que je lui voulais. J'ai répondu : « Trois choses, madame : vous dire merci d'avoir sauvé la vie à mon chien, vous inviter à dîner tout de suite dans un très bon restau-

rant, et vous demander en mariage. »
Elle a éclaté de rire. C'était la première fois que je l'entendais rire.

– Et elle t'a dit oui ?

– Oui, elle m'a dit oui à tout. Même quand je lui ai demandé si elle voulait la moitié de mon dessert, parce que j'avais pris le menu gastronomique avec huit plats et que je n'avais plus faim.

– C'était quoi ?

– Du tiramisu aux speculoos.

– C'est pour ça que vous en faites tout le temps !

Mathilde se demande si, un jour, elle aussi aura un dessert fétiche, avec l'amour de sa vie.

– Le plus beau, je ne l'ai appris que bien plus tard, c'est que ce fameux soir, quand je suis arrivé avec Moulouk en sang, Clémentine avait rendez-vous avec un autre. Un sale type, un égoïste ! Il a trouvé moyen de lui reprocher d'avoir annulé leur soirée. C'était pour sauver une vie, tout de même ! La crapule, bien fait pour lui. Il n'aimait pas les animaux et il n'aimait pas vraiment ta mère… Elle a rompu avec lui et voilà, la voie était libre !

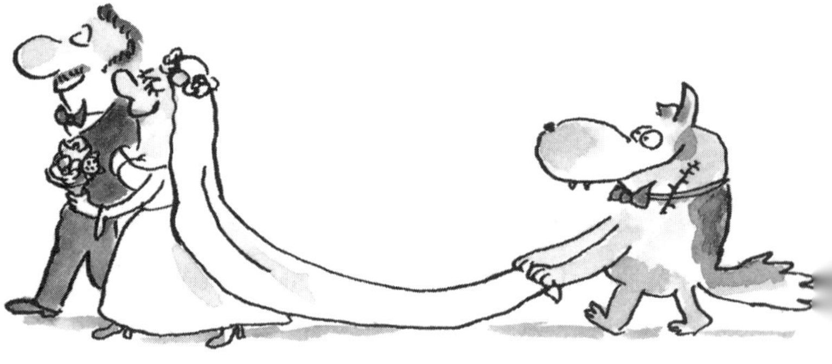

En traversant un village, Papa baisse sa vitre.

– Hmmmmm… ! Tu sens cette odeur ? Des croissants, je parie. On va s'arrêter. C'est l'heure du deuxième petit déjeuner !

Depuis qu'il a vu la trilogie du *Seigneur des Anneaux* au cinéma, Papa a décrété qu'il avait été un Hobbit dans une vie antérieure, et qu'il lui en restait quelque chose : le besoin journalier de non pas un mais DEUX petits déjeuners.

– Mangeons quelques-uns de ces délicieux croissants tout frais, et rentrons. Tu ne t'es pas rendormie, hein, mon petit lapin Duracell illimité ! Ma berceuse n'est pas tellement efficace.

Mais après trois croissants sortis tout chauds du four d'un boulanger matinal, Mathilde finit par sombrer, le pouce dans la bouche, comme quand elle était bébé. Son père la regarde toutes les trente secondes dans le rétroviseur, puis la quitte des yeux pour se garer, sortir une carte, redémarrer, et fixer la route de plus belle.

Il a charge d'âme.

Chapitre 6
Un sourire dans le jour

Quand Mathilde se réveille, elle n'est pas dans son lit.

Le jour est levé, un rayon de soleil lui chatouille le nez, un courant d'air frais lui caresse l'avant-bras. La portière de La Loutre est grande ouverte et Papa lit le journal, assis par terre sous un panneau.

Un panneau indicatif de localité.

Un panneau qui dit…

– Je rêve, pense Mathilde. Papa ?

– C'est moi, dit son père. Selon le site ViaMichelin que j'ai consulté en cachette à 3 h 27 ce matin, La Motte en

Provence et Torreilles n'étaient séparées que par 404 kilomètres. J'ai trouvé que c'était un beau chiffre. Bien symétrique, bien rond, comme je les aime. D'excellent augure.

Mathilde aimerait sauter d'un bond dans ses bras et s'écraser le nez dans son cou de gratitude, comme dans les films. Mais il lui faut d'abord détacher sa ceinture.

– C'est les vacances, c'est la famille, dit Papa. À quoi ça peut bien servir, les vacances et la famille, sinon à se faire du bien, hmmmm.... ?! C'est au bord de la mer, ajoute-t-il en tendant le bras vers le large, comme s'il présentait une vieille copine.

On y est mieux qu'au bord des larmes, pense Mathilde.

– La maison est dans cette rue. Je suis allé voir pendant que tu finissais ta nuit. Tu te refais une beauté et on y va ?

Il y a de drôles de cactus mous dans le jardin des parents de Thomas. On dirait des plantes de dessin animé, ou bien des algues sorties d'un aquarium, en suspension dans l'air. Mathilde appuie en tremblant sur la sonnette.

– Toi ! s'écrie Thomas en ouvrant la porte.

Sous l'effet de la surprise, Mathilde devient rouge comme une pomme d'amour et recule de trois pas.

– C'est mon Papa, dit-elle comme pour s'excuser, en désignant le grand monsieur tout décoiffé qui se tient un peu en retrait, le visage barré d'un sourire.

– Nous sommes de passage, dit-il en tendant la main à Thomas. Nous avions votre nouvelle adresse, alors nous avons pensé… Mathilde vous expliquera.

– Bonjour ! De passage pour longtemps ? demande la Maman de Thomas qui apparaît sur le seuil.

– Pour la journée.

– Tu as un maillot de bain ? dit Thomas.

– Tout est dans le sac, répond Papa en sortant du coffre de La Loutre le sac à dos de sa fille qu'il a dû préparer juste après Via-Michelin, en cachette, à 3 h 32 : maillot,

serviette, masque et tuba, crème à bronzer et galettes bretonnes.

– Alors c'est parti ! La mer est à un quart d'heure à pied.

– Je peux vous laisser ? J'ai à faire.

– Bien sûr ! dit la maman de Thomas. Venez récupérer Mathilde quand vous voulez. Nous pique-niquerons à la plage.

– Alors ce soir, pas trop tard. Merci ! Bonne journée !

– Viens, Mathilde, dit Thomas en lui donnant la main et en prenant son sac de l'autre.

Au bout de quelques pas, elle se retourne. Son père la regarde s'éloigner, tout fier de sa surprise, et de voir quel charmant garçon est l'affreux jojo qui faisait pleurer sa fille chérie en pleine nuit.

Le soleil met des paillettes, des étoiles et des miettes de galettes bretonnes dorées dans ses yeux.

Mathilde n'a jamais souri comme ça.

Aillevillers, 20 juillet –
Courcelles-Chaussy, 9 septembre 2006

Gratitude

Merci à Christine Nouhant et à ses élèves de l'école de Paladru, ainsi qu'à Jean-Denis Moulin et à ses élèves de l'école de Montferrat, pour leurs recherches stimulantes sur la généalogie de Mathilde.

Merci à Gilles et Mireille Robert, pour leur accueil chaleureux.

Merci à la MGEN de Vesoul, pour son accueil climatisé.

Merci à Véronique Deiss, pour sa fidélité.

Et à Mathilde Jousset, pour sa vie exemplaire :-)